# O D E

SUR

# LA NAISSANCE DU ROI DE ROME;

Par M. TRENEUIL,

Bibliothécaire-Conservateur de la Bibliothèque de l'Arsenal.

1811.

# O D E

## SUR

## LA NAISSANCE

# DU ROI DE ROME.

---

La poésie est plus sérieuse et plus utile que ne le croit le vulgaire.

FÉNÉLON *( Lettre à l'Académie française sur l'éloquence )*.

---

TELLES on voit briller ces Sphères vagabondes
Qui, frappant de terreur les peuples et les mondes,
D'un vol précipité, s'éloignent de nos yeux ;
Des arrêts du Destin prophétiques ministres ;
Dont le front toujours pâle, armé de feux sinistres ,
Semble menacer l'ordre établi dans les cieux :

2

Tels passent, enivrés de sanglantes chimères,

Ces fougueux conquérans, puissances éphémères,

Produites pour détruire ou punir les États;

La haine, après leur mort, s'attache à leur mémoire :

Que reste-t-il d'eux ? rien : tous leurs titres de gloire

Sont dans de grands malheurs et de grands attentats.


Mais quand l'esprit d'erreur, la faiblesse et le crime

Ont, par degrés, conduit sur les bords de l'abîme

Un Empire déjà ravagé par le Temps;

S'il s'élève aussitôt un souverain génie

Qui verse dans son sein de longs torrens de vie,

Et l'arrête, affermi sur ses vieux fondemens :


Si sa main en saisit les rênes délaissées ;

Si, le succès toujours couronnant ses pensées,

Il fixe l'harmonie où régnait le chaos ;

S'il enchaîne le cours des publiques misères,

Et qu'il sache, à son gré, des factions contraires

Émouvoir, aplanir et balancer les flots :

Si, dans l'art des combats, sans rival et sans maître,
On voit, à son nom seul, s'enfuir et disparaître
Les peuples contre lui soulevés par leurs Rois ;
S'il est moins un Héros sur le char de la guerre,
Qu'un grand législateur qui visite la terre
Pour en renouveler les trônes et les lois:

Qui ne révère en lui l'envoyé de Dieu même?
Sur quel front glorieux le sacré diadème
Réunit-il jamais cette vive splendeur ?
Qui ne voit que sa race, en Monarques féconde,
Seule peut enfanter et garantir au monde
Des siècles florissans de paix et de grandeur ?

O toi, que si long-temps tourmenta l'espérance,
France, réjouis-toi, triomphe, heureuse France !
Vois du Très-Haut sur toi les desseins s'accomplir ;
Et toi, divin enfant, qu'appelaient nos hommages,
Sois grand, sur-tout sois bon ! ces vœux sont des présages
Que le Ciel me révèle et que tu dois remplir.

Que toutes les vertus l'ombragent de leurs ailes !

Chantons, en son honneur, sur nos lyres fidèles,

L'amour qui pour leurs Rois transportait nos aïeux ;

De cet antique amour, leur plus beau caractère,

Rallumons à l'envi la flamme héréditaire,

Et que nos Souverains redeviennent nos Dieux !


Ah ! si la poésie enfantait les merveilles

Qui de ses favoris signalèrent les veilles,

Quand la Terre admirait leurs chants législateurs ;

Et si le Ciel, propice à l'ardeur qui m'entraîne,

Ajoutait à ma voix cette voix souveraine

Qui sait, en les frappant, renouveler les cœurs :


Je dirais aux humains qu'un pouvoir sans partage

De l'immortel pouvoir est l'immortelle image,

Leur garant le plus sûr de salut et de paix ;

Que le joug paternel, le seul joug monarchique,

Pour le maintien sacré de l'ordre politique,

Convient à chaque peuple et sur-tout aux Français.

Je saurais surveiller, sentinelle aguerrie,

Les esprits novateurs, fléau de la patrie,

Prêt à lancer contre eux les foudres de ma voix;

A prouver qu'une impie et rebelle doctrine,

Du trône et de l'autel préparant la ruine,

Les ennemis de Dieu sont ennemis des Rois.


Combien douze ans chargés de malheurs et de crimes,

Qui d'un oubli fatal ont vengé ces maximes,

En renouvelleraient l'utile souvenir!

Je ferais de ces temps revivre les images,

Salutaires fanaux qui de ces grands naufrages

Iraient, en l'éclairant, préserver l'avenir.


Ainsi la poésie, art trop souvent futile,

Art plus souvent encor dangereux et servile,

Serait, comme jadis, le langage des Dieux;

Et, laissant dans les Cours ramper la flatterie,

Ma muse citoyenne, en servant la patrie,

Servirait le Monarque et la cause des Cieux.

4

Et quel besoin a-t-il que, rivaux de bassesse,

Des essaims de flatteurs le poursuivent sans cesse

Pour brûler à ses pieds un mercenaire encens ?

La gloire de remplir ce grave ministère

Appartient à des voix qui ne peuvent se taire,

Et dont il ne peut fuir ni blâmer les accens.


Ces superbes canaux que son génie immense,

Rival du Créateur, prépare à l'opulence,

Par ces heureux liens vingt fleuves réunis,

Ces chemins inconnus ouverts à la victoire,

Que cet Aigle intrépide, en volant à la gloire,

Trace, en sillons de feu, sur le front du Cénis :


Le malheur consolé recouvrant ses hospices,

L'humble Religion, ses pompeux édifices,

Tous les arts à-la-fois pleins d'un esprit nouveau,

Ces siéges renommés, ces savantes batailles,

De trois peuples rivaux célèbres funérailles,

Dans les champs d'Iéna, de Wagram et d'Eylau :

Voilà de quelles voix il estime l'hommage ;

Les voilà ces amis dont le noble langage

Lui fait, en le louant, sentir la vérité :

Éloquens orateurs, simples et grands comme elle,

Ils forment le cortége imposant et fidèle

Qui le mène en triomphe à l'immortalité.


Fils de NAPOLÉON, ô Prince en qui la France

Voit fleurir sa plus chère et plus haute espérance,

Sois digne du Monarque à qui tu dois le jour ;

Sois digne des vertus de ton heureuse mère ;

Sois digne des Français : que ton règne prospère

S'écoule plein de gloire et de paix et d'amour !


Mais j'aperçois déjà la Muse de l'histoire

Qui, des faits les plus beaux remplissant ta mémoire,

Allume par degrés ta généreuse ardeur ;

Et, nourrisson des Rois, des Héros et des Sages,

Tu peux, fortifié par leurs vives images,

De l'Astre paternel soutenir la splendeur.

Vois à ses pieds vainqueurs tomber tous les obstacles,

Et vois se prolonger la chaîne des miracles

Qui l'ont des potentats rendu le Souverain;

Apprends l'art, successeur et fils du plus grand homme,

De porter, comme lui, dans Paris et dans Rome,

Deux sceptres, si légers pour sa puissante main.


Quels devoirs te prescrit sa vaste renommée !

Avec quel tendre orgueil ta jeunesse enflammée

Se plaît à contempler ses immenses travaux !

Mais tu crains, je le vois à tes brûlantes larmes,

Que l'Univers, soumis par ses lois et ses armes,

Ne condamne tes jours au tourment du repos.


N'entends-tu pas ton nom retentir sous le chaume?

Les pauvres dispersés dans ton double royaume

De ta naissance auguste adorent le bienfait :

Cesse donc d'envier la gloire de ton père ;

Même gloire t'attend: son cœur te laisse à faire

Tout le bien qu'il médite et qu'il n'aura point fait.

Ah ! permets, dans ce jour rayonnant d'alégresse,

Que je vienne à tes pieds, conduit par la Sagesse,

Apporter en tribut un si touchant tableau ;

Que l'infortune en toi trouve un dieu tutélaire,

Et que, dans les palais trop souvent étrangère,

La Pitié suppliante embrasse ton berceau.


J'ai vu, j'ai parcouru la montagne aux deux cîmes :

L'une s'enorgueillit de ces chantres sublimes

Qui savent des héros consacrer la valeur ;

L'autre sous les cyprès élève ces poëtes

Qui, de l'humanité courageux interprètes,

Ont dévoué leur lyre au culte du malheur.


Qu'ils chantent, d'une voix également habile,

Le grand Agamemnon et le bouillant Achille,

Ou le sort de Priam, d'Andromaque et d'Hector ;

Ils sont tous aussi chers au Dieu de l'harmonie,

Tous créés pour la gloire ; et l'Arbre du génie

Sur leurs fronts triomphans courbe ses rameaux d'or.

6

# CHANT NUPTIAL

## SUR

## LE MARIAGE DE NAPOLÉON,

### EMPEREUR DES FRANÇAIS,

## ET DE S. A. I. MARIE-LOUISE,

### ARCHIDUCHESSE D'AUTRICHE;

### PAR M. TRENEUIL,

Bibliothécaire-Conservateur de la Bibliothèque de l'Arsenal.

# CHANT NUPTIAL.

Lorsque, dans son courroux, l'immortelle Puissance,
Sous le joug de l'opprobre humiliant la France,
Voulut à ses forfaits égaler ses malheurs,
Charlemagne, incliné devant le Roi du monde,
  Dans sa douleur profonde,
Fit entendre ces mots accompagnés de pleurs :


« Dieu ! de ses propres mains la France se déchire :
» De son peuple rebelle enchaîne le délire ;
» Brise ses vils tyrans comme de vils roseaux :
» Qu'elle reste toujours chrétienne et monarchique ;
  » Fais de cet arbre antique
» Revivre la racine et fleurir les rameaux. »

Des hautes régions d'où découle la vie,

Soudain à Charlemagne apparaît un Génie,

En qui ce Souverain respire tout entier :

Charlemagne se voit, se plaît dans son image,

Du ciel bénit l'ouvrage,

Et salue, en ces mots, son illustre héritier :


» Va, sous un autre nom renouvelle ma race ;

» Va, mon fils, de mes pas interroge la trace,

» Et de mon vieil Empire accrois la majesté. »

NAPOLÉON parut : successeur de nos maîtres,

Il les a pour ancêtres

Dans l'ordre du Très-haut et de l'éternité.


Quelle Vierge embellit l'admirable carrière

De ce Monarque radieux,

Et semble précéder ses pas victorieux,

Comme l'aurore printanière (1)

---

(1) *Quæ est ista quæ venit quasi aurora consurgens?* Cant. cant. cap. VI, ℣. 9. Quelle est celle-ci qui s'avance comme l'aurore naissante !

Vient, par ses doux rayons, accoutumer nos yeux

A soutenir du jour l'éclatante lumière ?

Saluons à l'envi la Reine des Français ;

    Pour sceptre elle tient une rose,

      Et le joug qu'elle impose

    Est un joug d'amour et de paix.


    Le lis éclos pendant l'orage,

Le lis, que d'une eau vive abreuve la fraîcheur,

Que de toutes les fleurs environne l'hommage,

Et qui voudrait cacher sa royale blancheur

    Dans un vallon voilé d'ombrage,

Peint l'éclat de MARIE au printemps de son âge,

    Et l'innocence de son cœur (1).


Le Ciel, qui la présente aux Français pour modèle,

Et qui lui destina le trône le plus beau,

---

(1) *Lilium convallium. Sicut lilium inter spinas, sic amica mea inter filias.* Cant. cant. cap. XI , ỹ. 2.

Elle est comme le lis de la vallée. Tel est le lis entre les épines, telle est ma bien-aimée entre les vierges.

Voulut que, ministre fidèle,

Un Ange ombrageât son berceau (1),

Et la conduisît sous son aile.


Viens, fille de l'Autriche et mère de la France (2)!

Vole, Colombe d'innocence (3)!

Ton destin est par-tout de régner sur les cœurs :

L'Autriche pleure ton absence;

Mais tes nouveaux sujets bénissent ta présence :

Tu dois, dans des liens de fleurs,

De l'Aigle au vol superbe enchaîner la puissance.


La gloire de ton sang, Souveraine chérie (4),

N'a point de ton époux seule dicté le choix;

---

(1) *Angelis suis mandavit de te ut custodiant te in omnibus viis tuis.* Ps. XC, ℣. 11.
Le Seigneur a ordonné à ses Anges de vous garder dans toutes vos voies.

(2) L'Impératrice MARIE-LOUISE sera pour les Français une tendre mère. ( *Réponse de S. M. I. au Sénat, 4 mars 1810.* )

(3) *Veni, sponsa mea, veni, coronaberis.* Cant. cant. cap. IV, ℣. 8.
Venez, ma bien-aimée, venez, vous serez couronnée.
*Propera, amica mea, columba mea.* Cant. cant. cap. II, ℣. 10.
Hâtez-vous, ma bien-aimée, ma colombe.

(4) Nos peuples aimeront cette Princesse pour l'amour de nous,

A ses yeux, les vertus qui brillent dans MARIE

Égalent la splendeur de la fille des Rois (1).

Triomphe, épouse bien-aimée!

NAPOLÉON n'a suivi que la voix

De son grand cœur plein de ta renommée (2).

Telle d'un couple heureux de riches Oliviers (3),

Symbole de paix, d'abondance,

La terre de Jessé voit fleurir l'espérance

Dans d'innombrables héritiers;

Ou telle que la Vigne, étroitement unie (4)

---

jusqu'à ce que, témoins de toutes les vertus qui l'ont placée si haut dans notre pensée, ils l'aiment pour elle-même. ( *Message de l'Empereur au Sénat.* )

(1) *Omnis gloria filiæ Regis ab intus.* Ps. XLIV, ɴ. 14.
Toute la gloire de cette Princesse est intérieure.

(2) *Scit omnis populus te esse mulierem virtutis.* Ruth. cap. III, ɴ. 11.
Tout le monde sait que votre ame est le sanctuaire de la vertu.

(3) *Filii tui sicut novellæ olivarum, in circuitu mensæ tuæ.* Ps. CXXVII, ɴ. 3.
Vos enfans seront autour de votre table comme de jeunes plants d'oliviers.

(4) *Uxor tua sicut vitis abundans, in lateribus domûs tuæ.* Ps. CXXVII, ɴ. 3.
Votre épouse sera dans l'intérieur de votre maison comme une vigne abondante.

Au Cèdre pompeux du Liban,

Sans craindre désormais l'aquilon ni l'autan,

Toute pleine d'amour, toute pleine de vie,

Presse des plus doux nœuds son époux enchanté,

Et l'entoure des fruits de sa fertilité ;

Telle, de votre tige adorée et féconde,

   Une auguste postérité

S'élève, pour remplir tous les trônes du monde (1).


   Réjouis-toi, France chrétienne !

Que n'a pas fait pour toi le premier de tes fils ?

   Ta foi sera toujours la sienne,

Et le Dieu de Clotilde est le Dieu de Clovis.

   L'hydre du fanatisme expire :

   NAPOLÉON venge les droits

   Du Sacerdoce et de l'Empire,

De César et du Christ, du Sceptre et de la Croix.

---

(1) *Pro patribus nati sunt tibi filii : constitues eos principes super omnem terram.* Ps. XLIV, ℣. 17.

Pour remplacer vos pères que vous avez quittés, il vous naîtra des fils que vous établirez princes sur la terre.

O toi, dont le règne présage

De longs siècles de gloire et de félicité

Aux peuples florissans que la Divinité

  T'a donnés pour ton héritage (1),

  NAPOLÉON, mortelle image

  De l'immortelle autorité (2),

Pleine de confiance en ta grande promesse,

L'Église, à qui ta main prodigua ses bienfaits,

Demande encor ces mœurs et cet esprit de paix

  Qui signalèrent sa jeunesse (3);

  Et belle de ces seuls attraits,

------

(1) *Postula à me, dabo tibi gentes hæreditatem tuam, et possessionem tuam terminos terræ.* Ps. 11, ℣. 8.

Demande-moi, et je te donnerai les nations pour ton héritage, et la terre pour ton domaine.

(2) *Dii estis.* Ps. LXXXI, ℣. 6.

Vous êtes les Dieux de la terre.

(3) L'autorité de l'Église, dit *Bossuet*, n'est pas faite pour l'éclat d'une vaine pompe, mais pour l'établissement des bonnes mœurs et de la véritable piété : c'est ici principalement que les Monarques chrétiens doivent faire régner Jésus-Christ sur les peuples qui leur obéissent. ( *Sermon sur les devoirs des Rois.* )

De cette primitive et solide richesse,

  Elle ne périra jamais.

Elle a pour boulevart la parole éternelle

Du Dieu qui l'a fondée et qui veille sur elle (1);

De ce grand Dieu, dont l'œil est exempt de sommeil,

Dont le trône est assis sur le front du soleil (2),

Qui promène, suspend les fleuves sur nos têtes (3),

Et dans leur vol de feu maîtrise les tempêtes (4).


  Réjouis-toi, France chrétienne !

Que n'a pas fait pour toi le premier de tes fils ?

  Ta foi sera toujours la sienne,

Et le Dieu de Clotilde est le Dieu de Clovis.

---

(1) *Fundavit eam Altissimus.* Ps. LXXXVI, ℣. 5.
Le Très-haut l'a fondée.

(2) *Super stellarum verticem sublimatur.* Job. cap. XXII, ℣. 12.
Son trône resplendit au-delà des étoiles.

(3) *Ligat aquas in nubibus.* Job. cap. XXVI, ℣. 8.
Il enchaîne les eaux dans les nuées.

(4) *Ponit viam procellis sonantibus.* Job. cap. XXVIII, ℣. 26.
Il trace la route aux tempêtes.

Tandis qu'en lettres d'or, dans les nobles annales

Qui gardent de nos Rois les fêtes nuptiales,

L'Ange de la victoire et l'Ange de la paix

Écrivaient ce cantique et les vœux des Français,

Je vis, de la hauteur des célestes royaumes,

Descendre de ces Rois les glorieux fantômes,

Et se confondre ainsi, dans ce jour solennel,

Les pompes de la terre et les pompes du ciel.

Sous des voiles, tissus d'azur et de lumière,

Brille, en tout son éclat, leur jeunesse première.

A leur tête est Clovis, armé de cette Croix

Par qui règne le Christ, par qui règnent les Rois (1),

Et qui, de notre culte impérissable emblème,

De soixante-dix Rois orne le diadème.

Combien de leur amour éclatent les transports !

Qu'ils se plaisent à voir par quels puissans ressorts

Le Héros, que du Ciel inspire la sagesse,

A relevé l'État perdu par la faiblesse,

---

(1) *Per me Reges regnant.* Prov. cap. VIII, ♈. 15.
Les Rois règnent par moi.

Et dont mille tyrans ou d'avides rivaux

Dévoraient en espoir les malheureux lambeaux !

Quel autre, parmi nous, eût détrôné le crime,

Et su de nos malheurs combler l'immense abîme,

A ses desseins profonds plier tous les partis,

Balancer à son gré leurs flots assujettis ?

Et quel autre, au génie unissant la vaillance,

Eût porté, comme lui, le sceptre de la France ?

Ce sceptre est au Vainqueur à qui Dieu l'a donné,

Et qu'au pied des autels la France a couronné ;

Au Sage, au Conquérant qui dans lui seul rassemble

La puissance et l'éclat des plus grands Rois ensemble,

Qui soumit vingt États, entraînés tour-à-tour

Par l'admiration ou la force ou l'amour,

Et qui, législateur de l'Empire qu'il fonde,

Y règne en Souverain des Souverains du monde (1).

FIN.

---

(1) *Adorabunt cum omnes Reges terræ.* Ps. LXXI, ỿ. 11.
Tous les Rois de la terre lui rendront hommage.

www.ingramcontent.com/pod-product-compliance
Lightning Source LLC
Chambersburg PA
CBHW061745180626
46818CB00006B/2751